JN098954

琴柱

Makoto Yoshioka

吉岡麻琴句集

ふらんす堂

序

吉岡さんは、交渉事を任せると適任で、持ち前の明るさとおおらかさ、そして柔らかい京訛りで事をうまく纏めてくれる、「いには」俳句会において貴重な人材である。なんとなく世代観が似ているのは年齢が同じということもあるが、彼女の出生地が、京都府南桑田郡篠《しの》村、合併して亀岡市となった所で、私は山口県豊浦郡内《うつ》日《い》村、合併して下関市になった所。共に田舎出身という共通点もあった。田舎といえど片や数千年の文化の中心だった京都と西国の果てである長州とは大違いではあるが。共に結婚を機に都会暮らしを始め田舎から解放されたという共通点を知り、なぜか急に親しみが湧いた。

「おしゃべり好きにして出好き」とは吉岡さん自身の言葉であるが、当っていると思う。句稿を拝見すると実に行動的で国内は勿論、しばしば外国にも旅をしている。

第一章からいくつか挙げてみよう。

寝台車林檎の花の中に着く
無秩序が秩序の街や印度朱夏
火の粉飛ぶ彦三頭巾の踊子に
ロンドンの栗鼠と目が合ふ霧の朝
荒縄を付けて雷神里神楽

巻頭に据えた句は津軽への旅。寝台車が当時の旅の様相を伝える。二句目は印度。駱駝と驢馬と象と牛が混在する街を無秩序が秩序だと、印度という国の本質を鋭く突く。三句目は秋田県西馬音内《にしもない》の、別名亡者踊りと言われる盆踊り。彦三頭巾は両目を除いて黒布で顔を覆い鉢巻をしたもの。

四句目は霧のロンドン。五句目は檜枝岐歌舞伎。国内国外を問わず実に多く旅を重ねている。が、単なる観光旅行の報告的な句ではなく、それぞれの地や行事の捕え処を簡潔に鋭く突いている。

旅吟も多彩であるが生活に即した佳句も多い。自画像と思われる句を幾つかあげてみると、

褒められて嵌められてゐる心太

きりぎりす今更ながら浪費癖

蓑虫の身包み剝がす知りたがり

端っこも奇数も好きで木の葉髪

キックオフ最前席に着ぶくれて

竜の玉独りが好きで人が好き

抜き出せばきりがないほどで、それぞれの句に彼女らしさが覗く。ここにも〝おしゃべりが好きで出好きで知りたがり〟の人柄が窺える。蓑虫の蓑まで剝がしてしまったのは如何かとは思うが。

彼女はまた大のサッカー好き、ジェフユナイテッド千葉のファンクラブに入り、若い人に交じって最前席で応援をするという。周りの見知らぬ若い子達にお菓子を振舞ったりして良いお母さん役もこなしているらしい。プレミアリーグ、チャンピオンズリーグの試合を見にイギリスまで出かけたという熱狂的ファンである。それが彼女の元気の源であり若さの秘訣であろうか。

褒められて調子に乗りまんまと嵌められたりもする。独りでも大勢でいるのも好きで、端っこも奇数も好き。こうしてみるといったいどんな人なのかしら、と不思議でもあるが、いわば型に嵌らず好奇心旺盛で人生を謳歌している幸せな人と言ってよいだろう。

だが、なんといってもこの句集の根幹を成しているのは、生まれ育った京都の行事や景観、風土を詠んだ句である。それらは、その土地で産湯を使った者の自然に身についた感性から捉えたもので、単なる報告や物珍しさの観光俳句では決してない。田舎暮らしが嫌だったといいながら、産土の地への愛は拭い去り様がないのだ。私もそうであるが、俳句を作るようになって豊かな自然の中で育ったことがどれだけ貴重だったかと、今あらためて思い知ることになった。

麦秋を湖北の仏巡り来て

涅槃寺花供曽あられ賜りぬ

雁渡し堅田の松の器量よし

朝夕の挨拶お水取りのこと

籤引きは当たりばかりや地蔵盆

湖北の仏巡りとは滋賀県高月町のあちらこちらの寺に祀られている十一面観音様を巡ることである。私も彼女に詳しく教えてもらい友人とこの十一面観音様を巡ったことがある。忘れられない旅になった。

「花供曽あられ」は涅槃会に供物とされるあられ菓子のこと。当地の人は「お釈迦様のハナクソ」と呼び習わしているという。ユニークなネーミングである。京都の人にとって仏さまとは身内のように親しみ敬う存在なのであろう。

堅田の松を「器量よし」といい、東大寺二月堂の行事であるお水取が近づいて来ると挨拶がお水取の話になる、というのもその地に住んでいる者でなければ詠めないことである。

地蔵盆は八月二十三日、二十四日あたりに行われる地蔵菩薩の縁日。地蔵菩薩は子供の守り神である。籤引きが当たりばかりというのは子供にがっかりさせたくない大人の思いやりなのだ。

その他触れたい句はたくさんあるが、ここに挙げただけでも行事や事柄を物珍しさで詠むのではなく、長年馴れ親しんで暮らした地の人の心で捉えた風土詠であり、行きずりの旅人には到底詠めないことである。

句集名となった「琴柱」は、箏や和琴の胴の上に立てて弦を支え音を調節する大事な要である。吉岡さんは幼いころから琴に馴染み、京都當道会の津田道子門下として琴・三弦教室を開き長年励んできたという。多趣味でいろいろなことをやりながらも、自らの根幹を作ってくれたのは琴であったと述懐している。琴の句はこの句集中に二句しか登場していないが、ほんとうに心血注いだものは意外と句にならないところが確かにある。琴は余技ではなく彼女の神髄を成すものであった。人に教えるまでに鍛錬した琴は間違いなく現在の彼女の精神や身体の柱になっている。句集名を「琴柱」とした彼女の思いが伝わってくる。いい題である。俳号を麻琴とした理由を今にして知ることとなった。

共に傘寿という節目を迎え、これからますます俳句が生きる拠り所となっていくことと思う。俳句という言霊に元気をもらって励んでいきたいものである。

麻琴さん、句集『琴柱』のご上梓、心からお祝い申し上げます。

令和五年　桃笑う候

村上喜代子

琴柱／目次

句集

琴柱

第一章

祇園さん

二〇〇五年〜二〇〇八年

寝台車林檎の花の中に着く

野辺地てふ陸奥の駅なる春暖炉

春潮に乗り切れなくて舟酔ひす

月朧なべておぼろの目患ひ

泣きさうで泣かないでゐる春の月

春の月大和大路を東入る

座る席いつも端っこ陽炎へる

春の野や風の音いな水の音

山桜火渡神事祭祀跡

山水の神の依代大桜

父が来て垣繕ひてくれをりぬ
近況のどれから話そ桜草

負け試合慰め合ひて花の酔

切株の年輪数ふ鳥の恋

みやりたる荒磯波や白子丼

春愁や胡座に乗せるマンドリン

陶卓の楽譜をめくる若葉風

好きな薔薇選び淑女のやうにゐる

橡の花丈夫なだけが取得なる

君付けで孫呼びし父白絣

夏鶯雨のち晴れの行者道

桐咲けり若狭街道朽木村

麦秋を湖北の仏巡り来て

里毎に観音在す麦の秋

オリーブの葉は裏白で生ビール

褒められて嵌められてゐる心太

街薄暑駱駝と驢馬と象と牛

無秩序が秩序の街や印度朱夏

雨ぐせの出雲路にあり合歓の花

夏木立ミニ鉄道は牧場行

清澄山蟬は念仏唱へをり

捧げたる百の松明海女夜泳

宿題の終はらない子に祭笛

新涼や撞木に栗鼠の飛び移り

村祭日本武尊は優男

祇園さん抜けて六道参りかな

秋暑し疣とり地蔵塩まみれ

竜胆やお籠堂にハイヒール

緑陰に車座で待つ鬼来迎

鬼来迎板を叩きて始まりぬ

秋彼岸父が居たらといふ話

指揮台の子の眩しさや星祭

火の粉飛ぶ彦三頭巾の踊子に

沿道の戸板商ひ柘榴買ふ

冷まじや救助隊員銃を持つ

ロンドンの栗鼠と目が合ふ霧の朝

種を採る進行中の忘れ癖

蓑虫の身包み剥がす知りたがり

冬瓜の猫につつかれをりしかな

猫の名のミルキー・チョコや穂絮飛ぶ

月手前棗は臼の形して

きりぎりす今更ながら浪費癖

秋冷の稜線雲の早きかな

冬紅葉女人禁制てふ標

小春日の幽霊坂や魚籃坂

冬うらら斜め掛けせる頭陀袋

奥嵯峨の火伏の神や片時雨

北山は今日も時雨と母の文

石段は桟敷席なり里神楽

雪催ひ天狗の眉毛動きけり

檜枝岐歌舞伎

荒縄を付けて雷神里神楽

里神楽一管一鼓おかめ振り

凩や肩こる話かんにんえ

寒紅や装ひてゐる空元気

大寒を防犯警報誤作動中

壽老人の鬚のやうなる滝氷柱

第二章

上がり框

二〇〇九年〜二〇一一年

十階の一戸に揚がる初国旗

独楽飾る長男次男家を出て

梅かたしお首傾げて伎芸天

参道のだらだら坂や花馬酔木

如月の水に煌めく金閣寺

西空堀東水堀木の芽吹く

沈丁花非常口から見舞ひけり

薄氷を蹴飛ばしてゆくハイヒール

芽柳や酒蔵まつぷ蕎麦マップ

陶土搗く唐臼の音幣辛夷

涅槃寺花供曽あられ賜りぬ

西行忌欅大きな一里塚

先達は千羽鶴なり流し雛
だまし絵に騙されてゐる受難節

店先の鸚鵡に呼ばる万愚節

やんはりと鶯餅の持ち重り

街朧バス停の名に渚跡

飴細工の兎が跳ねて春惜しむ

風薫る池に傾ぎて桂の樹

白鷺の片足乗せる蓮浮葉

骨堂を埋め残して濃紫陽花

十色のアクセスマップ街薄暑

火曜日はレディースデーで氷水

箱釣のまづは袂を濡らしけり

城自慢して奉仕団草を刈る

草涼し石の積まるる祭祀跡

奥能登や塗師五代目の麻衣

里宮の太鼓を打ちに帰省せり

朝市の片陰猫の大あくび

夏落葉その後の話聞いてをり

少年は地べた座りを木下闇

学校に行けない少女緑陰に

山門を涼しき風と潜りけり

三伏を曲げて伸ばして膝頭

秋初め講話を受くる楷の樹下

折鶴に息を吹き込む敗戦日

朝霧や仏巡りの西会津

大屋根に山の影濃く施餓鬼寺

内陣に隠しマリアや秋暑し

脇立の美丈夫なりし萩の風

旅籠屋に隣る豆腐屋櫟の実

豆腐屋に隣る酒蔵秋つばめ

蓮の実の飛んで近江の合戦地

楢林透けて湖けらつつき

鰯雲擂鉢を買ふ陶器市

秋雲をつぎつぎ流す玻璃の塔

月明に魚跳ねてをり獺祭忌

琴の爪はめてはづして秋思かな

地下深くありし牢獄霧の街

コテージは詩人の住まひ秋の薔薇

赤い羽根免許更新思案中
馬車になるはずの南瓜に目鼻付け

猪垣の寺領に伸びる大原野

下船していきなり坂の島小春

椿の実干して離島の昼深し

冬うらら指呼で確かむ島の数

大ちゃんは実は臆病返り花

正門は銀杏落葉の明るさに

裏門のさざんくわ散らす寺雀

裸木の力自慢のやうに瘤

風花や湯殿に架かる天狗面

報恩講上がり框に下駄草履

狐火や社家町にある細き川

一の宮禰宜の加はる焚火の輪

新聞紙に棒包みせし寒卵

制服の少女が喪主や寒四郎

暗闇を振り動かして神楽鈴
僧兵の法螺で始まる鬼やらひ

眼帯の片目で探す春隣

第三章

器量よし

二〇一二年～二〇一五年

昇降機乗り合はせたる御慶かな

初便り愛宕の護符の添へられて

探梅や軍畑てふ駅に下車

うぐひすや千歩を目指すけふの試歩

神泉を音たてて飲む恋の猫

梅見茶屋足の丈夫を褒め合ひて

たうたうと町中を水幣辛夷

八人の異母兄弟や花楓

清明や通学路なる松並木

屈強な御陵の鉄扉百千鳥

鐘おぼろ近江泊まりを湖畔まで

護符に置く亀の文鎮養花天

高遠の桜隠しに立ち尽す

目借時職務質問されてをり

摘みとりて何するでなし蓬かな

卯の花や延命水を含みをり

死んぢやへば仏となりぬ余花の雨

葉桜や仁王の留守の仁王門

咲き初めか終はりかなんぢやもんぢやの木

天津への二里の山道夏の霧

源流は水行場なり夏木立

枇杷熟るる頃やしきりにたちくらみ

柿の花勉強部屋は納屋二階

風鈴の激しく鳴りて隣家留守

嚙み合はぬ話のつづき捩り花
絵筆には山羊馬たぬき夏旺ん

鬼灯市閻魔堂から風が来る

大楠の根方に頭三尺寝

空港に至る峠や合歓の花

短夜の波音の消す雨の音

片泊り堅田の闇の行々子

大洋を借景にして風涼し

朝虹の磯の松原とほりやんせ

涼風や黒目がちなる療養馬

白百合の勿来の関を通りけり

岬鼻の一本松や夏怒濤

歌枕訪ぬる旅の緑雨かな

御熊野の神の山より神の瀧

星月夜一夜流人の島泊り

秋暑し離島の地熱発電所

神鶏の突いてゐたる笹飾り

秋暑し鴉銜ふる光りもの

厄日前三十回のスクワット

秋思ふと束ねて捨つる旅雑誌

海桐の実弾け沿岸警備艇

ときどきの爪を噛む癖秋時雨

千振を干して落人散居村
仏塔の向かう尖塔天高き

朝顔や暮らしに山の水引いて
気がかりのありて夜長のアップルティ

雁渡し堅田の松の器量よし
手の平を返す仁王にかなかなかな

日照雨きらきらほうせんくわ弾けたり

散松葉雨情生家の庭雀

書院窓明かり素秋の文机

鳥渡る屋根反り返る浮御堂

ホテルキー受けて夜長の昇降機

待宵を演奏会の下合せ

波音の遠くつつじの返り花

黒き実も朱き実も爆ぜ惜命忌

端つこも奇数も好きで木の葉髪

湯の里の山から山へ時雨虹

叡電の終点八瀬の蕪畑

大徳寺さんの敷石時雨けり

月光の鋭き楔冬木立

空港に空中歩廊聖樹の灯

経師屋の看板うすれ年の暮

坪庭の飛石洗ふ年用意

最後かも知れぬと母の餅届く

剝落の石塊にして凍仏

新海苔を束ぬる幣のごとき白

第四章

籤引き

二〇一六年〜二〇一九年

火を囲み産土神に年迎ふ

薄明の牛舎に灯り初薬師

船岡も衣笠山も春の雪
朝夕の挨拶お水取りのこと

春暁に発つ子右手を軽く挙ぐ

長電話切るきつかけの春の雷

サイネリア年齢性別の不問

海までの術後の試歩や梅二月

養生は歩くことなり山笑ふ

金縷梅や癒ゆるとは息深く吐く

春の夜の糸の切れない糸切歯

雛の間に一夜泊まりの客となる

和讃かな亀池の亀なべて鳴く

黄砂降る速度超過の青切符

ペリカンのくあんと鳴いて花の昼

東国のすつくと太き今年竹

今年竹力士の拝む力塚

朝涼の桂の柾目とほる櫂

夏蕨神在す山ふりあふぐ

参道に竹の子焼いて吉野山

母望む青田の見ゆる施設かな

人住まぬ生家となりて花柘榴

こもりくの初瀬の寺の白牡丹

村道のどこもバス停閑古鳥

国宝を蔵す東寺のさるすべり
象に乗る仏もありて堂涼し

遠雷や介護の品を両の手に
日雷さて本題に戻りませう

伊勢詣で乗換駅の夏つばめ

夏の霧終着駅の先は海

万緑や宇宙生命科学館

揚羽蝶生まるる休日診療所

模擬店のラムネぽんとは抜けなくて
その話また聞かされて麨粉

盥舟くるくる海月ふはふはと

大佐渡の無宿人墓野甘草

ロシア大会

ポプラの絮ワールドカップキックオフ

新涼や切り株に幣廻らせて

朝まだき父の提げ来る七夕竹

籤引きは当たりばかりや地蔵盆

八朔や出入り忙しき軒雀

校長の朝顔に水遣りてをり

健やかに物忘れして栗の飯

秋茱萸や実家整理といふ役目

判を押す同意書数多秋半ば

麻酔医の赤きブローチ秋深む

順調な術後のシャインマスカット

体育の日くるぶしくるりくるくるり

胸元の咲き満ちてゐる菊人形

フリスビー追ふ犬秋の雲キャッチ

洛中の六角臍石小鳥来る

月の宴水面きらめく嵯峨離宮

鐘楼も合掌造り飛驒の秋

水澄むや郡上殿町鍛冶屋町

はたはたの飛んで港の見える丘

初時雨ぼつぼつちち盛りして信濃蕎麦

十一月たんきり豆の弾けたる

鳴滝は都の西や大根焚

ポインセチア元気な人に疲れたる

寒き日や主審の示すノーゴール

三の糸少し高めに寒稽古

寒鯉や水の重さを耐へてをり

大寒や大僧正の金襴衣

第五章

いつもどこかで

二〇二〇年～二〇二一年

哨船の忙しき動きして二日
四日はやランチメニューのワンコイン

獅子舞に噛ます傘寿の頭かな

木々の間に海拓けゆく恵方道

竹籠の大きが運ぶ福達磨
人日の自問す鍵を掛けしかと

梅咲きて池から池へ小さき橋

本廟にお骨納めて梅二月

遠忌近しと仰山の花菜漬

本堂は海に開けし涅槃寺

料峭や矩形に凹む兵舎跡

器量好し気立て良しなり桜草

花菜風一村越えて祖父の家

坂上は教会であり鳥の恋

天井の龍に睨まる花の冷

花疲れ人疲れして京の宿

葬送のアニーローリー飛花落花

里寺にある七不思議松の花

古寺に駆込み部屋や昼霞

消防士降下訓練かぎろへる

朮焚くひとりずまひの傘寿なる

初鰹まことに多き好き嫌ひ

樗散る離宮に舟で着きにけり

石に木に幣張る里の草清水

神官の担ぐ唐櫃夏祓

よき風とよき水音の夏祓

風蝶草波音近き美術館

万緑の登り専用いろは坂

青蔦のホテルウエルカムドリンク

木漏れ日のあはきゆらぎに苔の花

倒木を橋とし渡る滝の道

夕菅や木の教会に木の鐘楼

教会の背に神社夕かなかな
朝涼のレンタサイクル湖へ

洞窟を行きつ戻りつ舟遊び
葭雀のどあめひとつくれてやろ

街薄暑首にかけたる社員証

河童忌を朱雀大路の端にをり

冷麦や父母在りし日の通り土間

夕蜩お仕置き食らふ蔵の中

大文字姉の二倍を生きてゐる

ふるさとに妹見舞ふ蛍草

二百十日ケージの猫を携へて

忍耐てふ英世の自筆文字涼し

秋涼し森に数多の文学碑

田の神に晦日まんぢゆう秋収め

鳳仙花こぼる漁港の飯処

豆を干す三国街道宿場町

湯巡りの山越えにして紅葉狩

湯の町は坂の町なり酔芙蓉

無花果やいつもどこかで戦して

国にかつて徴兵令やカンナ燃ゆ

断捨離の話などして栗ご飯
木の実まづ転がしてみる滑り台

鴨の来る頃かと思ふ廻り道

霜降や大鉢に盛るお番菜

丁髷をつけてきんくろはじろかな

産土に抜け道二本青木の実

神鶏は鶏冠を垂るる神の留守

小六月やりたいことを聞かれをり

冬ぬくし昼席に呼び込まれをり
キックオフ最前席に着ぶくれて

八瀬村の大工の話す牡丹鍋

宿坊の百畳敷に大火鉢

毛皮着て音に聞こえし占ひ師
竜の玉独りが好きで人が好き

あとがき

村上喜代子先生より句集上梓のお奨めを頂き、傘寿の記念にと思い句稿を整え始めますと、拙い句ばかりに躊躇いたしました。しかしどの句も私の来し方の一瞬を切り取った記録であることに気付き、そのことが大事かと決心いたしました。

俳句との係わりは、四十代半ばにして好きな旅が豊かになるかもと、公民館講座「奥の細道を読む」を受講したとき「鴟」にお誘い頂いたことです。五十代後半、体調不良で中断していたのですが、「いには」発足の年にご紹介を受け、お仲間に入れて頂き今日に至ります。

「おしゃべり好きにして出好き」の私には、句会はおしゃべり会・吟行はお出かけと俳句は誠に好都合です。おしゃべりもお出かけも私の活力の源。傘寿を迎え俳句を続けていて良かったと思っています。

思えば、京都當道会津田道子門下として琴・三絃教室を開き、夫の転勤で千葉に来てからも子供が学校に行っている間に、沢井筝曲院や宮城会の先生に稽古に通いながら教室を続けました。定期演奏会の他にフェスティバルホールや国立劇場の舞台にも出させて頂きました。

琴柱を並べ調律をして始める琴の稽古が、私の根幹を作ってくれたように思えますので、句集名を「琴柱」としました。

村上喜代子先生にはご多忙極まりないなかをご助言とご選句に多大な労をいただき、その上身に余る序文を賜りました。心より御礼申し上げます。ありがとうございました。

又、この拙い句集をお読みくださいました皆様にも感謝申し上げます。

令和五年桃始笑　吉日

吉岡麻琴

著者略歴

吉岡麻琴（よしおか・まこと）

1943年　京都府生まれ
1966年　京都女子大学卒業
1990年　「鴫」入会
2002年　「鴫」退会
2005年　「いには」入会
2020年　千葉県俳句作家協会賞
2021年　「いには」同人賞

現　在　「いには」同人、俳人協会会員、
　　　　千葉県俳句作家協会会員

現住所　〒261-0001　千葉市美浜区幸町1-5-3-612

句集　琴柱　ことじ　いには叢書十七集

二〇二三年五月二一日　初版発行

著　者——吉岡麻琴

発行人——山岡喜美子

発行所——ふらんす堂

〒182-0002 東京都調布市仙川町一—一五—三八—二F

電　話——〇三（三三二六）九〇六一　FAX〇三（三三二六）六九一九

ホームページ http://furansudo.com/　E-mail info@furansudo.com

振　替——〇〇一七〇—一—一八四一七三

装　幀——君嶋真理子

印刷所——日本ハイコム㈱

製本所——㈱松岳社

定　価——本体二七〇〇円+税

ISBN978-4-7814-1560-4　C0092　¥2700E

乱丁・落丁本はお取替えいたします。